北京舊志彙刊

〔永樂〕順天府志

王熹 校點

中國書店

本書出版得到

國家古籍整理出版專項經費資助

图书在版编目(CIP)数据

〔永乐〕顺天府志/王熹校点.—北京:中国书店,2010.5
(北京旧志汇刊) ISBN 978-7-80663-793-7

Ⅰ.①顺… Ⅱ.①王… Ⅲ.①顺天府-地方志-史料 Ⅳ.①K291.4

中国版本图书馆CIP数据核字(2010)第033903号

北京舊志彙刊

〔永樂〕順天府志　一函五冊

作者　王熹 校點
出版　中國書店
地址　北京市琉璃廠東街一一五號
郵編　一〇〇〇五
發行　全國新華書店經銷
印刷　江蘇金壇市古籍印刷廠有限公司
版次　二〇一一年三月
書號　ISBN 978-7-80663-793-7
定價　九八〇元

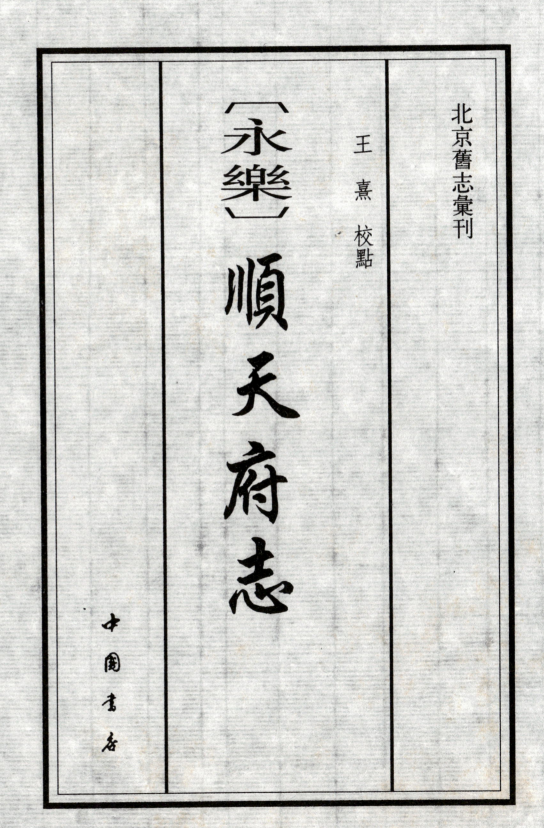

開啓北京地域文化的寶庫

——《北京舊志彙刊》序

段柄仁

中華文明源遠流長，其燦爛輝煌、廣博深遠，舉世公認。她爲什么能在悠悠五千年的歷史長河中，不僅傳承不衰，不曾中斷，而且生生不息，歷久彌鮮，不斷充實其内涵，創新其品種，提高其質地，增强其凝聚力、吸引力、擴散力？歷朝歷代的地方志編修，不能不説是一個重要因素。我們的祖先，把地方志作爲資政、教化、傳史的載體，視修志爲主政者的職責和義務，每逢盛世，更爲重視，常常集中人力物力，潛心編修，使之前映後照，延綿不斷，形成了讓世界各民族十分仰慕的獨一無二的文化奇峰勝景和優良傳統。雖然因歷史久遠，朝代更迭，保存困難，較早的志書多已散失，但留存下來的舊志仍有九千多種，十萬多册，約占我國全部歷史文獻的十分之一。規模之大，館藏之豐，其他種類的書籍莫可企及。

作爲具有三千多年建城史，八百多年建都史的北京，修志傳統同樣一以貫之。有文獻記載的最早的官修地方志或類似地方志是《燕十事》，之後陸續有《燕丹子》、《幽州人物志》、《幽州圖經》、《幽都記》、《大都圖册》、《大都志》、《洪武北京圖經》、《北平圖志》、《北平志》、《北平府圖志》等。元代以前的志書，可惜衹聞其名而不見其書，都没有流傳下來或未被挖掘出來。現存舊志百餘種，千餘卷，包括府志、市志、州志、縣志、街巷志、村志、糧廳志、風俗志、山水志、地理志、地名志、關志、寺廟志、會館志等，其中較早而又較爲完整的《析津志輯軼》，是從元代編修《析津志典》的遺稿及散存《永樂大典》等有關書籍中輯録而成的。明代最完整的志書《順天府志》也是鈔録於《永樂大典》。其餘的舊志，多爲清代和民國時期所撰。這些十分寶貴的文獻資料，目前散存於各單位圖書館和個人手中。有的因保存條件很差，年長日久，已成殘本，處於急需搶救狀態。有些珍本由於收藏者的代際交替，輾轉於社會，仍在繼續流失之中。即便保存完好者，多數也是長期閉鎖於館庫之中，很少有人問津。保護、整理和進一步研究挖掘，開啓這座塵封已久的寶庫，使其盡快容光煥發地亮起來、站出來，重見天日，具有不可延誤的緊迫性。不僅對新修志書有直接傳承借鑒作用，對梳理北京的文脈，加深對北京歷史文化的認識，提供基礎資料，而且對建設社會主義先進文化，進一步發揮其資政教化作用，滿足人們文化生活正向高層次、多樣化發展的需求，推動和諧社會建設，都將起其他文化種類難以替代的作用，是在北京歷史上尚屬首次的一項慰藉祖宗、利及當代、造福後人的宏大的文化基礎建設工程，具有重大的現實意義，必將產生深遠的歷史影響。

當前是全面系統地整理發掘舊志，開啓這座寶庫的大好時機。國家興旺，國力增强，社會安定，人民生活正向富裕邁進，不僅可提供財力物力支持，而且爲多品種、高品味的文化產品拓展着廣闊的市場。加之經過二十多年的社會主義新方志的編修，大大提高了全社會對方志事業的認同感和支持度，培育了一大批老中青結合的修志人才。在第一輪編修新方志的過程中，也陸續整理、注釋出版了幾部舊志，積累了一定經驗。這些都爲高質量、高效率地完成這項任務提供了良好的條件，打下了扎實的基礎。

全面系統、高質高效地對北京舊志進行整理和發掘，也是一項十分艱巨的任務。需要强有力的領導和科學嚴密的組織工作。爲此，在市地方志編委會領導下，成立了由相關領導與專家組成的北京舊志整理叢書編委會。采取由政府主導，市地方志辦公室、市新聞出版局和中國書店出版社聯合承辦，充分吸收專家學者參與的方法，同心協力，各展其能。需要有高素質的業務指導。實行全市統一規範、統一標準、統一審定的原則。製定了包括《校點凡例》在内的有關制度要求。成立了在編委會領導下的專家委員會，指導和審查志書的整理、校點和出版。對於參與者來説，不僅提出了應具備較高的業務能力的標準，更要求充分發揚脚踏實地、開拓進取、受得艱苦、耐得寂寞、甘於坐冷板凳的奉獻精神，爲打造精品出版物而奮鬥。爲此，我們厘定了《北京舊志彙刊》編纂整理方案，分期分批將整理的舊志，推向讀者，最終彙集成一整套規模宏大的、適應時代需求、與首都地位相稱的高質量的精神產品——《北京舊志彙刊》，奉獻於社會。

丁亥年夏於北京

《北京舊志彙刊》校點凡例

一、《北京舊志彙刊》全面收録元明清以及民國年間的北京方志文獻，是首次對歷朝各代專

校，予以補全謄清。

三、底本上明顯的版刻錯誤，一般筆畫小誤、字形混同等錯誤，根據文義可以斷定是非的，如「己」「已」「巳」等混用之類，徑改而不出校記。其他凡删改、增補文字時，或由於文字异同造成的事實出入，如人名、地名、時間、名物等歧异，則以考據的方法判斷是非，并作相應處理，皆出校記，簡要説明理由與根據。

四、底本中特殊歷史時期的特殊用字，予以保留。明清人傳刻古書或引用古書避當朝名諱

的，如「桓玄」作「桓元」之類，據古書予以改回。避諱缺筆字，則補成完整字。所改及補成完整字者，於首見之處出校注說明。

五、校勘整理稿所出校記，皆以紅色套印於本頁栏框之上，刊印位置與正文校注之行原則上相對應。遇有校注在尾行者，校記文字亦與尾行相對應。

六、底本中的异體字，包括部分簡化字，依照《第一批异體字整理表》改爲通行的繁體字。《第一批异體字整理表》未規範的异體字，參照《辭源》、《漢語大字典》改爲通行的繁體字。人名、地名等有异體字者，原則上不作改動。通假字，一般保留原貌。

七、標點符號的使用依據《標點符號用法》，但在具體標點工作中，主要使用的標點符號有：句號、問號、嘆號、逗號、頓號、分號、冒號、引號、括號、間隔號、書名號等十一種常規性符號，不使用破折號、着重號、省略號、連接號與專名號。

八、校點整理本對原文適當分段，記事文以

時間或事件的順序爲據，論説文以論證層次爲據，韵文以韵脚爲據。

九、每書前均有《校點説明》，内容包括作者簡況、對本書的評價、版本情況、校點中普遍存在的問題，以及其他需要向讀者説明的問題。

目録

校點説明

〔永樂〕《順天府志》是明代最早的順天府方志。一九八三年四月北京大學出版社將此志收入《北京大學圖書館善本叢書》影印出版，名爲《順天府志》，出版説明載：「《順天府志》爲繆荃孫於光緒丙戌自《永樂大典》四千六百五十卷《順天府》七至十四鈔出。《永樂大典》内《順天府》共二十卷，時僅存八卷，後均佚逸。繆鈔題爲《順天府志》，今仍之。雖係殘本，却爲現存最早之北京地方志，保存了不少難得的珍貴資料，可供研究者參考。」

對繆荃孫於光緒年間從《永樂大典》中輯録〔永樂〕《順天府志》的緣由、版本來源及其名稱，繆氏本人和今人均有考證和研究。繆荃孫（一八四四—一九一九），字炎之，又字筱珊，號藝風，江蘇省江陰縣人。光緒二年進士，翌年授任翰林編修。是清末著名的金石目録學家，也以藏書和刻書享譽於世。光緒五年，張之洞推薦他擔任〔光緒〕《順天府志》總纂。由於編纂府志的原因，繆氏開始留意與府志有關的資料文獻。他在《藝風堂文續集》卷四中記載查閲并鈔録《永樂大典》經過時云：「迨丙戌（即光緒十二年），志伯愚侍讀始導余入敬一亭觀書，并允借閲。」他前後「閲過九百餘册」，後因「丁内艱」而不得不停下來。直到光緒十四年四月此事才告一段落。他在《藝風老人日記·戊子》中説：「戊子四月六日，校《順天志》畢」，還「《永樂大典》三册於志伯愚」。并明確記載：在《永樂大典》中，「有明初《順天府志》二十卷，今存四千六百五十起，四千六百五十七止，爲府志卷七至卷十四」。確認現存於《永樂大典·順天府》的八卷内容即是《順天府志》的一部分。同時，他還對〔永樂〕《順天府志》的編修時間和編入大典的原委進行了研究。他在《明初順天府志殘本》中説：「明初洪武年修《北平圖經》，《永樂大典》卷八千四百二十『平』字韵載之，《日下舊聞》亦間引用。荃孫修府志時，搜之《大典》『平』字韵，已失去。忽見此書七卷至十四卷，上下均闕，亟爲録存。按：洪武元年，改大都路總管府爲北平府，隷山東行中書省。二年，置北平行省。永樂元年改爲順天府。此必修於永樂初年，故得編入《大典》」。「萬曆癸巳，謝杰修府志，《序言》亦未及此書，可見明時人即罕有知之者矣。」他認爲〔永樂〕《順天府志》修成於永樂初年，之後被編入《永樂大典》中，而且明朝萬曆二十一年謝杰等纂修〔萬曆〕《順天府志》時，并未見到和參考該志，因此其價值和意義非同一般。

今人姜緯堂先生對繆氏鈔録〔永樂〕《順天府志》的來歷以及影印《永樂大典》失收情況作了系統研究，他指出：「據現存《永樂大典》中各府舊志資料匯編，以對勘繆氏所鈔《明初順天府志殘本》，便可斷定此『殘本』爲《永樂大典》『平聲，十二、先』韵，『天』字，卷之四千六百五十至卷之四千六百五十七之全文，即《順天府志》七至十四。」又「檢繆鈔八卷本之結構，乃依既定篇目、子目，擷取當地本朝方志（如《洪武北平圖經志書》）、前代方志（如《析津志》、《大都路圖册》）及諸總地志（如明初之《大明清類天文分野之書》、元代之《元一統志》、宋代之《太平寰宇記》、《輿地要覽》、《郡縣志》等）之有關内容，分門别類，重加排纂而成。各資料於同目下，則依先本朝、次前代爲序。各條資料皆首冠所出之書名，文長者且於文末附注『已上某書』，『已上并見某書』。凡徵引原書正文，皆寫作大字，原書附注皆以雙行小字夾注形式鈔寫。凡此，皆與今存《永樂大典》之制相同，説明它必即《永樂大典》原文。」（載《文史》第三十二輯，中華書局）王燦熾先生在其著《燕都古籍考》（京華出版社一九九五年版）「《永樂大典·順天府志》」條指出，繆荃孫借閲并鈔録的《永樂大典·順天府》已非完帙，僅存四千六百五十卷至四千六百五十七卷。即爲《永樂大典·順天府》卷七至卷十四，共八卷。因此，他的結論是：北京大學影印版出版説明中關於該志「自《永樂大典》四千六百五十卷《順天府》七至十四鈔出」的説法，應予訂正；可以斷定繆鈔《順天府志》，即是《永樂大典·順天府》的原文。故其書名應題爲《永樂大典·順天府》。譚烈飛主編的《北京方志提要》（中國書店二〇〇六年版）一書亦認爲北大影印本確實是《永樂大典》的輯録本。

儘管〔永樂〕《順天府志》是一部殘缺的志書，但它在順天府乃至歷代方志史上具有不可替代的重要意義。首先，在方志學史上，該志引用的歷代方志有《洪武北平圖經志書》、《析津志》、《大都路圖册》、《元一統志》、《大明清類天文分野之書》、《太平寰宇記》、《輿地要覽》、《郡縣志》以及順天府所屬各縣的圖經志書等，都是極爲重要的方志文獻資料。洪武年間北平府屬縣《宛平縣圖經志書》、《大興縣圖經志書》、《良鄉縣圖經志書》、《昌平縣圖經志書》、《密雲縣圖經志書》、《通州圖經志書》、《漷縣圖經志書》、《房山縣圖經志書》和《平谷縣圖經志書》的内容都因該志而得以完整存世，後人據此可以看到明朝初年順天府轄屬各地所修志書的基本内容；該志有的地方即使是徵引部份前志的内容，却爲探究原志的基本面貌和輯佚有關資料提供了綫索，如徵引的《析津志》、《大都路圖册》和《洪武北平圖經志書》

等相關内容都極其珍貴，尤其是該志中保留的許多記載，爲恢復久佚的洪武年間所修的第一部北平行省志書的原貌提供了科學依據。其次爲研究明初北京地區方志的篇目體例提供了重要的參考資料。今人王燦熾和姜緯堂先生均對《洪武北平圖經志書》的篇目結構作過深入研究。姜緯堂認爲，《洪武北平圖經志書》的結構爲：《卷首》（包括序文、凡例，以及關於編纂緣起、過程等説明）、《總目録》（具列該書結構，其分合之網絡皆見於此）、《北平圖經志書》（係關於北平行省之總志，故冠於各府單元之前）、《北平府圖經志書》（此係北平行省首府北平之府志），然後依次是《保定府圖經志書》、《真定府圖經志書》、《順德府圖經志書》、《廣平府圖經志書》、《大名府圖經志書》、《河間府圖經志書》、《永平府圖經志書》，總名爲《洪武北平圖經志書》，其中卷首、目録、省通志及諸府、州、縣志又獨立爲志，凡一百三十餘種，二百七十余册，這種結構的優點是省及諸府、州、縣皆係專册，便於取檢。《洪武北平圖經志書·

北平府圖經志書》已經失傳，其篇目至今不得其詳，但據現存繆氏所鈔〔永樂〕《順天府志》的舊志資料，尚可推測《北平府圖經志書》的體例。其篇目大致與《永樂大典·順天府》相近，而府屬各州縣志書的篇目，也可以據此窺見一斑。這無疑對研究明初順天府以及縣志的篇目結構和發展趨勢有所裨益。再次，提供了明代永樂以前順天府所屬地區許多有價值的資料。該志中所保存的有關研究順天府歷史、地理、經濟、文化等方面的許多史料，不僅是專門記載順天府這個特定地域發展歷史的珍貴史料，而且許多記載還可以彌補正史的缺憾和不足。因此，它在明代地方志發展史上占有重要的地位。

此次校點整理的〔永樂〕《順天府志》，以《北京大學圖書館善本叢書》影印本爲底本。原書黄紙緑格，右上角有書耳，内題「弟」字。前欄外題「藝風鈔書」四字。首册書衣有藏書家李盛鐸題字：「此書乃從《永樂大典》鈔出。」書中各處校改文字爲繆荃孫本人用朱筆所寫。在校點時，還參考中國科學院圖書館和國家圖書館所藏版本，糾正了北大影印本的多處錯簡、訛誤，徑改了原書中明顯的錯字，作了標點校勘、分段等工作。 在此過程中，北京地方志辦公室譚烈飛副主任、中國書店出版社馬建農總編輯、北京市地方志辦公室的劉宗永博士、責任編輯劉文娟小姐和北京古籍出版社楊璐先生在百忙中給予了具體的指導與幫助，澳門理工學院院長李向玉教授、成人教育暨特別計劃中心主任謝建猷教授、副主任鄭雲傑副教授以及同事朋友也爲如期完成此項工作提供諸多便利條件，在此一并表示感謝。 全書由王熹校點、張德信審訂。 由於水平有限，錯誤和不當之處在所難免，請讀者和專家批評指正。 校點者謹識。

二〇一〇年六月六日於澳門

馬交石炮臺電力公司大厦七樓七一六室

順天府志卷七

寺

《圖經志書》：慶壽寺，在時雍坊西南，金大定二十六年所建，元至元十二年重修。其間多金元時碑刻及金人畫壁，元商德符山水、李衎墨竹、劉伯熙古木皆在焉。今爲府城衆僧祈祝之都會云。

《元一統志》按：寺碑，金大定二十六年所建，翰林侍講學士李晏撰文，修撰党懷英書丹。國朝重修大慶壽寺，起於至元十二年乙亥，至十九年壬午工毕，翰林學士承旨徐琰撰碑。有曰海雲、可庵皆葬寺之西南隅，至元四年，新作大都二師之塔，適當城基，勢必遷徙以遂其直。有旨：勿遷，俾曲其城以避之。又曰：京師佛寺自來甲天下，慶壽重修之後，完整雄壯，又爲京師之冠。大德三年歲在己亥秋九月望日，昭文館大學士、榮禄大夫、平章軍國事、行御史中丞、領侍儀司事不忽木書，榮禄大夫、平章政事、預中書省事徽政副使張九思立石。聖容之殿，在大慶壽寺内佛殿之西北，有殿曰聖容，專以奉泗州大士僧伽及寶公真身在焉。《析津志》：在順承門裏，近東。又云：

大殿之後有聖容之殿，專以奉泗州大士僧伽寶公，即集慶誌公也。賀屠兒三真身，并係金四太子，取置燕京。寺之常住之外，有栗園二所。前代祖師以《法華經》字爲數，種栗樹，歲收栗若干石，爲常住供衆。今聖容殿内，有泗州大聖誌公和尚、趙擔水、賀屠、張化主，并係金四太子取到一處，名其堂曰聖容堂。寺中有梅影見於碑石上，名梅碑，不曾開字。四太子，金封梁王宗弼，取置於此，迄今我朝百八十年矣。國師寶塔，塔去寺西南可十武。本朝丁巳年四月四日國師海雲示寂，建塔於此。初贈燕趙佑聖安國大禪師、光天鎮國大士。至元四年，城京師有司定基，正直師塔。敕命遠三十步許，環而築之。延祐元年春三月，下詔加贈光天普照佛日圓明海雲佑聖國師，重修其塔。敕翰林承旨程鉅夫撰塔銘，立於左。可庵朗公，國師之嗣也，示寂後，塔於東，亦蒙詔贈爲魏國公。國師塔，至今九十四年。珠砌寶冠，世祖皇帝壬寅年間在潛邸中，聞海雲宗師道業，遣使召至北庭，問以佛法，師對有契，以珠絡寶冠、西域無縫僧衣賜之，乃號燕國大師。寶冠迄今本寺收貯，永爲山門之寶，迨今一百一十年。石碑党字碑，在内三山東南夾道中立，可高三丈，螭首龜趺。前金起行翰林承旨李晏撰文，党懷英書字，篆額高舉，筆力勁古，有陽冰之風也。好事多摸勒，今一百七十年。皇太子大慶壽禪寺功德院事狀，今天子即位之廿一年，至正甲午二月廿七日有旨：以大慶壽禪寺賜皇太子作功德院。越五年戊戌正月十有一日，詹事院官啓請勒碑本寺，以紀其事，東宫許之。欽惟太祖皇帝應天順人，撫覽豪杰，開基啓運。世祖皇帝天應人順，混一四海，臣妾六合，大德好生，深有覺於佛教之旨，以是列聖相承事佛彌勤，亘古罕匹。惟大都大慶壽禪寺，故金之慶壽宫也。創於大定間，其主在位年高，捨宫爲剎。我國初中和章公首主是山。初，太師木華黎國王領兵平河東，取嵐州，得僧中觀沿公及弟子印簡，即海雲禪師，北見太祖皇帝於行宫，奏對稱旨，呼之曰小長老。繼命居燕之慶壽寺，賜以固安、新城、武清之地，房山栗園、煤坑之利，并京師之房舍，恒資給之。特奉旨爲國師，統領諸路僧尼教門事。昔者裕宗皇帝在娠，世皇以問海雲師，對曰：「必生太子。」且預製其名。已而果然，大奇异之。及長，自燕邸居青宫之日，上思海雲之前言有徵，特以寺賜之，俾之祈天永命，以資福利。故慶壽禪寺爲儲君之功德院者，實自兹始。厥後，仁宗龍潛，亦嘗臨幸焉。至正十三年夏，車駕時巡上都，大會宗室大臣。六月，詔册皇子爲皇太子。上以副祖宗付托之重，固天下之本；下以屬四海之望，開太平之治也。先是，前太師、中書右丞相脱脱公詣寺修齋，今主持長老鳳巖大禪師儀公相客，從容論寺之興建本末，與夫裕宗皇帝功德之由，請援前朝故事，大師悦從之。一日，上御隆福宫光天殿，翰林學士承旨臣老童進奏曰：「大慶壽禪寺，昔世祖皇帝賜裕宗皇帝爲之功德主。今本寺主持僧臣顯儀具疏，請皇太子主是山功德。」制曰：「可。」仍命太師脱脱公提調寺事，并敕翰林院頒旨護持。疏曰：「伏念本寺幸處神京，忻逢聖世，地密依於紫禁，芘長托於青宫。兹遇元良，丕承泰運，爰稽故實，寅恭忱辭。恭請皇太子殿下作本山大功德主，祝延皇帝皇后睿算綿洪。上以鞏固皇基，下以敷錫民福。」又曰：「裕皇捐金億萬，重修梵宇之華仁廟，命駕再三臨幸祇園之勝，皆以居儲之日，聿崇樂善之規。」疏進，東宫請於上，畀以手書「大功德主」之字於疏，還鎮山門，恩寵日隆，實爲京師諸刹之甲。歲時朔望吉辰，内廷頒香幣於寺，崇敬之儀尤謹，僧衆朝夕恭對如來，諷閲經乘，端爲萬歲千秋之祝焉。是時，有司興官田之利，令旨曰：「慶壽寺常住之業，其勿奪之。」敬爲皇太子殿下以天縱之聖，膺監國撫軍之重，問安親膳之暇，留心内典，寅奉三寶，將以永寧邦家，利澤億兆，於乎仁哉！」住持長老儀公戒律精嚴，宗學悟徹。嘗於御前説法，聖眷優渥，手賜白金彩幣。會有旨，寫金字《藏經》，賜清河壽元寺，命之校正。有功，宣授佛慧浄智妙圓普照大禪師，主臨濟一宗，仍賜金襴袈裟。近奉德音，特拜榮禄大夫、大司徒，授以銀章，秩視一品。其荷聖朝優待之厚，近古希有。兹以敬爲皇太子大功德主，刻石頌德，以垂不朽。報效之誠，大矣哉！師，初禮妙嚴寺一峰和尚，爲師得法，於今寺前秋亭長老秉拂開堂爲叢林師，先住永平之大開元寺，繼奉璽書來住兹山，法名顯儀，鳳巖其號也。大都之大興人，尤尚儒術，公卿大夫清望之士，樂與之游。僕亦嘗得與於言論之末，且語以建碑之事狀，辭而不獲，謹次第其實，以俟國手之采輯云。寺内有松樾軒、明極堂，飛虹、飛渡二石橋，有轉輪經藏，常住有栗園，依《法華經》字數，〔注一〕每一字種栗一株，歲收此以供大衆。每歲設提點監寺於寺之東，收貯各莊佃所納栗如納糧制，爲數動以數千石爲率。樹若枯損，則補之，無使虧其元數，寺掌之僧亦衆。

興教寺，在阜財坊。 按《大都圖册》：國朝建立，梵宇在都城之内，順承門裏街西，名曰興教。華嚴宏大，精邃整麗，佛會甲於京師。

萬安寺，在福田坊。

普慶寺，在太平坊。

海印寺，在豐儲坊。

〔注一〕「法」，原稿脱，據上文《析津志》引文補。

舍利塔，在咸宜坊。乃金朝所建，以藏通理性禪師舍利之所。

萬寧寺，在金臺坊。舊當城之中，故其閣名中心。今在城之正北。

萬嚴寺，在崇教坊。已上并見《圖經志書》。

大護國仁王寺，按《大都圖册》：國朝都城之外西建此寺及昭應宫，寺宇宏麗雄偉。每歲二月八日，大闡佛會，妝嚴迎奉，萬民瞻仰焉。

大聖壽萬安寺，按《大都圖册》：國朝建此大刹在都城内平則門裏街北，精嚴壯麗，坐鎮都邑。

大聖安寺，在舊城。按寺記：金天會中，佛覺大師瓊公、晦堂大師俊公，自南應化而北，道譽日尊，學徒萬指。帝后出金錢數萬爲營繕費，成大法席。皇統初賜名大延聖寺。大定三年，命晦師主其事，内府出重幣以賜焉。六年，新堂成，崇五仞，廣十筵，輪奐之美，爲郡城冠。八月朔，作大佛事，以落成之。七年二月，詔改寺之額爲「大聖安」。即延洪閣也。

大昊天寺，在舊城，寺建於遼。按：乾文閣

待制孟初所撰《燕京大昊天寺傳菩薩戒故妙行大師遺行碑銘》：道宗清寧五年，秦越大長公主捨棠陰坊第爲寺，土百頃。道宗施五萬緡以助，敕宣政殿學士王行己領役。既成，詔以大昊天寺爲額，額與碑皆道宗御書。大殿之後，建寶塔高二百尺，有神光飛繞如火輪，清信施財者沓至。師壽八十二，西向而化，空中有絲竹螺唄之聲，紅光如雲，上下貫塔，移時不散。又按：遼咸雍三年，翰林學士王觀奉敕撰御筆寺碑，謂：尾絡之分，燕爲大邦。闤千里之日圍，聚萬家之星井。中有先公主之館第，雕華雄冠甲於都會，改而爲寺，遵遺托而薦冥福也。詔王行己督轄丁匠，梓者斤，陶者埴，金者冶，彩者繪，鍤雲屯，杵雷動，三霜未逾而功告畢。棟宇廊廡，亭檻軒牖，甍簷栱桷，欄楯欒櫨，皆飾之以丹青，間之以瑶碧，金繩離其道，珠網罩其空。縹瓦鴛翔，修梁虹亘。曉浮佳氣，涵寶砌以生春；夜納素輝，爍璿題而奪晝。又曰：中廣殿而崛起，儼三聖之睟容；傍層樓而對峙，龕八藏之靈編。重扉呀啓一十六之聲聞，列於西東；遂洞异舒百二十之賢聖，分其左右。或鹿苑龍宮之舊迹，或刻檀布金之遺芬。種種妝嚴，不可殫紀。

大萬壽寺，在舊城。按古記考之，本中都大萬壽寺，潭柘禪師之古道場也。燕京之西有古刹，距城百里，泉石最幽處名曰檀柘。師諱從實，自湖南來，乃曹洞二代孫，遼太宗會同年間至。世宗天禄初，有開龍禪師智常弘潭柘之道於燕，創此寺。景宗保寧初，賜名悟空。聖宗統和十九年，改名萬壽禪院。至太平年間，改名太平寺。道宗太康中，改名華嚴寺。後有禪師希辯，宋之青州天寧長老也。耶律將軍破青州，以師歸燕。初置之中都奉恩寺，華嚴大衆請師住持，服其戒行高古，以爲潭柘再來。至金天會間，退居太湖山卧雲庵，既而隱於仰山棲隱寺。驃騎高居安以城北園，并寺前沙井歸之常住。天眷三年，召師復住持。皇統初，更賜寺名爲大萬壽。師再隱仰山，門人德殷續燈於萬壽，三年而退居於醫巫閭。又有省端上人繼之，一如師存之日。希辯師，本江西洪洲黃氏，族系甚大，且多文人，有聞於世者。始參雲門、臨濟，得法於鹿門覺公。至沂州，禮芙蓉和尚印證授記，後住青社天寧。城破，乃北來，人稱之爲青州和尚。天德初，示化於仰山。記乃金翰林學士、中靖大夫、知制誥施宜生所撰，其文略曰：潭柘老人，二百年後放大光明，芙蓉家風，却來北方薰蒸宇宙，豈其大事因緣殊勝亦有數耶？教有廢興，道無廢興；人有通塞，性無通塞。師既來燕，潭柘寂然；師既往燕，曹溪沛然。人知寂然，而不知潭柘未嘗去也；人知沛然，而不知青州未嘗來也。若然，則無碑亦無害，有碑亦無礙，遂爲之説。貞元元年十月記。

已上并見《元一統志》。《析津志》：寺有金世宗、章宗后御容。又有佛見收常住，寺内有施宜生碑，文備載事實。

大憫忠寺，在舊城，有傑閣奉白衣觀音大像，〔注一〕二石塔對峙於前。按古記考之，唐太宗貞觀九年及高宗上元二年東征還，深憫忠義之士殁於戎事，卜斯地，將建寺爲之薦福。則天萬歲通天元年，追感二帝先志，起是道場，以憫忠爲額。玄宗天寶十四年，安禄山建塔於東南隅。肅宗乾元元年，史思明於西南隅對立一塔。武宗會昌五年，下令毁削佛寺，幽燕八州，惟憫忠獨存。宣宗大中初，敕諸道起廢，節度使張仲武復增大之，因

〔注一〕「音」，原稿爲「昔」，據《析津志》改。

理智泉廢址，獲隋仁壽四年所瘞釋迦舍利，藏於多寶塔下。信宗中和二年，灾及之。昭宗景福初，節度使李匡威建崇閣七楹三級，中置大悲觀音塑像，〔注一〕發舍利，徙瘞於像前。乾寧末，節度使劉仁恭復建是塔。遼世宗天禄四年，閣又灾。穆宗應曆五年，即故基省爲兩級。道宗清寧二年，摧於地震，詔趣完之。咸雍六年，表寺額，始加「大」字。〔注二〕大安七年重修，增峻其閣一級。釋迦太子之殿，乃無礙太師詮明創始所建，遼聖宗統和八年也。金世宗大定十五年三月，重建此殿。二十八年九月，朝請大夫、行尚書員外郎、上騎都尉周百禄撰。《析津志》：在舊城之南有傑閣，奉白衣觀音大像，高二十餘丈，閣三層始見其首。有二塔：左則史思明建，右則安禄山建。有漆布井二口。此佛此閣，自古無匹。閣前有神仙禮拜，有金書字碑。

大明寺，在舊城安仁坊。按重修寺記，乃寶集寺大覺圓通大師志玄，當大元開國統御之際，見古燕大明故刹屋老僧殘，考其遺迹，乃金正隆二年，安遠大將軍甄孝興所建，舊名甄樂師，以金易其地，大闡法筵律儀，爲世所重，門資洪濟，極老復開疏僧修宗主，即隱侍奉藏春太保，積有年矣。一日，還燕，見大明寺宇摧頽，大興土木。未

〔注一〕「塑」，原稿爲「愬」，據上下文意改。

〔注二〕「字」，原稿爲「寺」，據《元一統志》卷一《中書省統山東西河北之地·大都路·古迹》載：大憫忠寺「咸雍六年，表寺額，加『大』字」改。

及落成，傳之即顯，竭力畢備。至元甲午，大都報恩禪寺林泉老衲從倫撰書。

大覺寺，按寺記曰：中都大覺寺，大定十年四月記。撰記者，行太常丞、騎都尉蔡珪也。中都，即今舊城；大定，金世宗都燕時年號。其記簡而文，大略曰：河橋折而西，有精舍焉。舊在開陽門郊關之外，荒寒寂寞，有井在側，往來者便於汲，因名義井院。天德三年，作新大邑燕城之南，廣斥三里，寺遂入開陽東坊。大定中，賜額曰大覺。爲樓以架巨鐘，爲塔以藏舍利，爲堂以奉

旃檀聖像。寺宇之壞者完，弊者新，闕者足，向所謂荒寒寂寞者，化而爲妝嚴殊勝之境矣。在舊城開陽東坊。

崇仁寺，在舊城玉田坊。有興平府道者山大雲（大雲《析津志》作大靈。〔注一〕）峰禪寺住持如意老人爲中都崇仁寺第一代清慧大師璞公撰德行碑，至元九年正月朔，傳法沙門顯辯立石。

善化寺，在舊城。有唐僖宗中和三年九月内古記與禪寺上坐僧文貞撰述《唐幽州善化院故禪尼大德實行録》，其略曰：大德以唐宣宗大中十

〔注一〕考《析津志輯佚》，「大雲」未作「大靈」，疑此注文失據。

二年春來燕，選名寺以憩留，嚮德者盈途。青松節峻，白雲志高。侍中張公崇敬別卜禪居於遵化坊吉地，闢開梵宇，儼似蓮宮，奏請賜額爲善化。

延福寺，少林雪庭老人福裕撰建寺記，有曰大都故城之乾隅有善人姜普萬，師事松巖老人於開遠坊，買地結廬，奉師爲退隱之計。香積有厨，義聚有堂，以延福爲額。至元九年壬申夏建。

藥師寺，林泉老衲從倫爲藥師寺撰記，至元十一年甲戌歲孟冬也。述其創寺之原，有比丘尼德秀者，於壬辰春趨燕，初寓净垢禪林，七經寒暑，於永平坊修梵刹，不數年，增廣構營，莊嚴無不具足。

弘法寺，在舊城。金大定十八年，潞州崔進之女法珍印經一藏，進於朝，命聖安寺設壇，爲法珍受戒爲比丘尼。二十一年，以經板達京師。二十三年，賜紫衣弘教大師，以弘法寺收貯經板，及弘法寺西地與之。明昌四年，立碑石，秘書丞兼翰林修撰趙渢記，翰林侍講學士党懷英篆額。

昭覺禪寺，按大都重修昭覺禪寺。至元甲午，比丘宗圓立石，翰林侍講學士王構撰記，林泉老人從倫書。其略曰：大都，故遼之南京也。遼自有國以來，崇奉大雄氏之教，陳法供祈景福者，無時無之。侯王貴宗，傾貲竭產，範金鏤玉，以寓晨夕之敬，惟恐其後。以故紺修之園，金布之地，寶坊華宇，遍於燕、薊之間。其魁杰偉麗之觀，爲天下甲。昭覺禪寺，亦舊刹也，金因之。貞祐初，毁於回禄。智公數年經畫在心，以力不能而止。中書左丞淄川李公恒以僮百指爲助。自是又數年，獲楮幣二萬緡，規度工作中央殿宇，次及門廡齋寮、賓舍香積，色色具備。至元甲申正

月晦，遽示疾而逝。弟子宗圓稟遺訓，卒克成事。輪焉奂焉，金碧錯映，都人耆老以爲升平舊觀復還於今日。公諱善智，遂爲昭覺住持之等一祖。已上并見《元一統志》。《析津志》：在大都常清坊，學士王構撰記，至元三十一年五月五日立石。〔注一〕

净居寺，按本寺《成公大禪師淳德碑》，至元六年立石。師諱普成，桐庵其號。生於濟南，本孫氏子。初生即能跏趺，六歲出家，年二十五登法坐。脱去文字求直指之要，所至道俗景慕，倦於應接，求爲怡養之地，乃於都城中得净居故基，即庵其上，此第一代住持也。

〔注一〕「三」，原稿脱，據《析津志輯佚》及前文「至元甲午，比丘宗圓立石」補。

法雲寺，石敬塘故宅也，有《净土會碑記》。五代唐同光二年二月十日，汴州馬軍都指揮使石敬塘爲亡過父母捨宅一所，與僧知譚，充净土講院，有敕賜額。牒中書門下，牒據保義軍節度使石敬塘奏：臣亡父先於幽州置到宅一所，元施與盤山感化寺僧知譚，充爲禪院。伏緣住持已久，僧衆尤多。既遭偶於明時，遂增崇於善道。尋具奏文，乞賜名額。奉敕宜以法雲。禪院者，在舊城歸厚坊内，今爲比丘尼所居。

崇孝寺，遼乾統二年沙門了銖作碑銘，謂析津府都總管之公署，左有佛寺，厥號崇孝。按：《幽州土地記》則有唐初年置。里俗相沿，則謂德宗貞元五年，幽帥彭城太師劉公濟捨宅爲寺。傳説各异。以前殿梁板及後殿左幢文考之，則劉莊武公濟貞元五年捨宅作寺爲是。

海雲禪寺，佛日圓明大宗師海雲年十九，開堂於慶壽，祖庭之興國，厥後三住慶壽，遍歷諸刹。歲次辛丑，燕京普濟院僧衆舉寺以施於師，曰：此刹始立於金天會七年，至大定二年賜是名。其地爽塏幽僻，非師居之不可。元朝壬子春，師罄衣鉢，命庵主覺文等戮力興修，殿宇雄麗，金碧輝映，爲諸刹冠。以師之道號曰海雲，賜爲寺額。師既示寂，命建靈塔於慶壽之側。嗣法可庵智朗住持海雲，以繼其後。戊午歲五月望，可庵智朗立石，黄華後人王萬慶撰碑，頌海雲遺行。略曰：如水之爲海，注焉而不滿，酌焉而不竭。百川之所赴會，萬寶之所孕育，浮天浴日而不停，含垢納污而無滓。如氣之爲雲，舒之彌於六合，歛之不盈一握。油然爲雨露之潤，而功被天下。海與雲之利如此。議者謂師之性猶海也。法猶雲也。海無有不容，雲無有不覆。亦猶師之出世，爲天下之所歸嚮云。

大開泰寺，在昊天寺之西北。寺之故基，遼統軍鄴王宅也。始於樞密使魏王所置，賜名聖壽，作十方大道場。聖宗開泰六年，改名開泰。殿宇樓觀，雄壯冠於全燕。至金國，又增之。靈址磅礴，涌出庭甸。厥後，毁於兵塵，獨存大殿。壬子春，海雲諸大老請雲山珍公開堂演法，遂爲此寺之五代祖。憲宗皇帝深加崇重，賜以金帛，常有异恩，海雲負荷興建，壘頽覆露。昔焉土壤，今爲金碧;昔爲蟄閉,今爲翬飛。真叢林選佛之場,衲子栖禪之地也。

招提壽聖寺,有比丘尼通辯大師德行碑在焉。師諱慧善,趙氏益都人,有净行。戊寅歲來金臺,住燕京甘泉坊壽聖寺。示寂之日,异香不散,荼毗之際,五色舍利不可數記。

報恩寺,按中統四年重修寺記,創建於金,爲宫人祝髮之所。比丘尼宴然自汴來燕,主此寺。志節真淳,道韵嚴冷。使鐵磨再來,末山復生,不是過也。已上并見《元一統志》。《析津志》:在齊化門太廟西北,太子影堂在内,俗名方長老寺。又云:在南城嘉會坊之萬壽寺西。先爲報恩精舍,

有金朝《圓通全行大師碑》。其詞曰:〔注一〕師,燕山劉氏子,太尉侍中燕國公之孫。遼中京留守、贈開府秦國公之女,先朝元勳侍中兖國公之女弟,〔注二〕開府平章政事蜀國公崇進任國公之姑,今御史中丞仲誨之祖姑也。祖妣,燕國夫人李氏;妣,秦國夫人張氏。張夫人方娠,夢人告曰:辯才天女當生汝家。寤以語秦公,明日而師生,遂以辯才字之。皇統中,以蜀登庸,恩加錫四字,今號所居報恩精舍,即從祖駙馬侍中捨私第而成之者。歷歲滋久,寢以隳壞,始議作新觀音殿,盡捐所有,以資衆工,不日成之。棟宇宏麗,金碧焕然。瀝血濡泥,以造尊像,莊嚴相好,爲都城最。復以餘力,别構後殿,安大藏經龕置四旁。〔注三〕又建祖師、聖賢二堂,鐘樓、寢居、門廡、厨廩,次第繕完。曾不數年,爲之一新。費以鉅萬,不求他也。燕公之孫、秦公之子、兖公之弟、蜀公之姑,其族姓爲何如!七齡通經,十二業成,覆試高第,以慰母心,其才辯爲何如!煌煌命服,受人天供,春秋八十,康寧以終,其福壽爲何如!禪悦三昧,心地清凉,諸大道師,皆所稱贊,其知見爲何如!人有一於斯,顯名當時而傳後世,大師則兼而有之,其報爲何如!大定十三年仲春十有九日中虚老人記。

駐蹕寺,在大都麗正門外西南三里舊城施仁關,大唐寶刹寺也。有《幽州大都督府寶刹寺禪和尚碑銘》,元和七年五月所建。禪和尚,西方吐

〔注一〕「其詞曰」,原稿爲大字單行,此三字與上下文皆爲《析津志》原文,故改爲小字注文。

〔注二〕「先」,原稿爲「元」。此碑刻於金大定十三年,尚無元朝,爲「先朝」即遼之誤,故改。

〔注三〕「安」,《析津志輯佚》無此字。

火羅國人，姓羅氏，諱普照。首於城東，依水木之勝，作爲浄宇。貞元初，賜寺額曰寶刹，佛宫僧舍幾至千室。至遼初，鑾輿多駐此地，乃旌改其名曰駐蹕，會同七年甲辰歲也。金時毁廢。至正隆間，僧肅賓苦身誘化，重新大殿，精嚴壯麗，勝於昔時。碑銘乃大唐盧龍節度檢校尚書、職方郎中、攝平州刺史管州都督盧龍柳城軍等事兼御史中丞、賜紫金魚袋韓中黄撰。

至元禪寺，佛惠曉庵大禪師，本西蜀潼川何氏子，不樂俗榮，喜歸禪院祝髮，習竺典，具大戒。元朝兵下蜀，從西凉來，趨燕，寓錫慶壽，參可庵法席。歲在丙寅，有功德主鬻古燕招提寺古基，創佛舍，改額爲至元禪寺以處之。《析津志》：在敬客坊南雙廟北街東。

義泉寺，宛平縣長鄉城，有義泉故實及修寺殿碑文。金大定十五年所建。

大永安寺，在京師之乾隅一舍地香山。按舊記，金翰林修撰党懷英奉敕書。昔有上下二院，皆狹隘，鑿山拓地而增廣之，上院則因山之高，前後建大閣，複道相屬，阻以欄檻，俯而不危。其北曰翠華殿，以待臨達，下瞰衆山，田疇綺錯。軒之令、南陽郡王請於朝，賜名棲隱。明昌五年八月戊寅，章宗臨幸仰山，賜錢興建大殿、佛像、經藏。

法寶寺，在舊城延壽寺之南。遼統和二十二載，秘書省校書郎仇正己撰幢記，杜永祚捨地基建寺。

大延壽寺，在舊城憫忠閣之東。起自東魏元象。幽州刺史尉長命爲大雲，後爲智泉，毁於後周。隋復之。刺史竇抗建浮圖五層，改名普覺。唐爲龍興，灾於太和，又灾於大中。節度使張信伸奏立精舍，并東西浮圖，曰殊勝，曰永昌，賜寺額曰延壽。至遼保寧中，建殿九間，複閣衡廊，窮極偉麗，復灾於崇熙，又復興修。金皇統二年，留守鄧王益加完葺。四年又灾。海陵天德三年爲宫。世宗大定二十一年會有司別錫地，重建此寺。泰和二年工甫就，六年八月立石，翰林待制路鐸撰記。

寶集寺，在舊城。以梁記考之，金大定十六年重修，亦遼時盛刹也，復修於金。已上并見《元一統志》。《析津志》：在南城披雲樓對巷之東五十武，寺建於唐。殿之前有石幢，記越建年月，昭著事實，備且詳矣。其餘已後興創修造，復紀於他石。茲寺之大概，今見於所撰《宗原堂記》。其詞曰：宗原堂者，大寶集寺之丈室也。佛殿前石幢刻曰：大唐幽州寶集寺。唐碑亦有寶集之名，寺創於唐世可考見矣。遼統和間，沙門彦珪大開講筵。繼者彦瓊、宗景，克西，疊石爲峰，交植松竹，有亭臨泉，上鐘樓經藏，軒窗亭户，各隨地之宜。下院之前樹三門，中起佛殿，後爲丈室、雲堂、禪寮、客舍，旁則廊廡、厨庫之屬，靡不畢興。千楹林立，萬瓦鱗次。向之土木，化爲金碧丹砂，旃檀琉璃，種種妝嚴，如入衆香之國。金大定二十六年，太中大夫尚書、吏部侍郎兼翰林直學士李晏撰碑云。又按：泰和元年四月，翰林應奉虞良弼碑記亦云：舊有二寺，上曰香山，下曰安集。金世宗重道，思振宗風，乃詔有司合爲一，於是賜名永安寺。元朝興修，妝嚴殊勝於舊。有中統四年太保劉秉忠（號藏春散人）十咏。

真應禪寺，在盧師山。有《尸陁林盧師碑》，大唐天寶八載十月建，范陽節度掌書記、朝議大夫、守國子司業、上柱國、賜紫金魚袋張訥撰，已載其略，於盧師山注内。

棲隱禪寺，在仰山，有梁開平四年鑄鐘記碑，云：幽州幽都縣仰山院。又按寺記，金天會戊申，青州禪師受德真通辯大師之請，住持此山，叢席大備，禪道興隆。世宗大定壬午歲，太師尚書

弘圓頓之教。重熙間，〔注一〕慧鑑以左街僧録檢校文章應制，大師賜紫金。傳妙大師思原嘗命較試經典，通慧圓照大師、崇禄大夫檢校司空智徧，皆振其道於天會之時。〔注二〕大定間，沙門澄暉重興寺宇，行業昭著。翰林學士承旨党文獻公爲題諸扁榜：大覺圓通。大宗師守司空志玄，當承安間，統領沙門。暨歸國朝，行業高峻，王侯將相，争趨下風。世稱長公。一傳而爲領釋教都總統傳戒三學都壇主行秀；再傳而爲領諸路釋教都總統三學都壇主圓明；繼以領釋教都總統開内三學都壇主開府儀同三師光禄大夫大司徒邠國公知揀。〔注三〕至元二十二年，世祖皇帝建聖壽萬安寺於新都，詔揀公開山主之，仍命同門圓融清慧大師妙文主領祖刹，修治弊壞。後至者，或久或速，緣盡而止，咸稱其選。至正三年，晋寧則堂儀公被詔主寺，提綱挈維，靡不經意。緇徒孔盛，宗風蔚然。公爲釋氏之學，歷抵名師，經論禪律，莫不淹貫。燕坐此室，無异深山密林，與世事邈乎甚遠。虚簾晝静，修竹隱映，心境兩寂，翛然自如。及宏敞華嚴，根本教理，圓融行布，洞徹無遺。或問堂名之故，其以人應之曰：吾寺自揀、文二師分主大刹，若聖壽萬安、天壽萬寧、崇恩福元，天源延壽，洎覃懷之龍興，以至海内十六名刹，何啻千百。雖支分派别滋多，寔皆出於寶集，此其原之堂。宗者同原之似，苟昧其本，則迷謬亦甚矣。况爲一大事因緣，出現於世，觀其根器不齊，乃設方便，演三乘五教。從小入大，由始至終，自頓極圓，理事融通。法之歸真，爲群生之本體。繇寶集而宗於清涼，繇清涼而宗於賢首。賢首宗雲華，雲華宗帝心，帝心宗龍樹，龍樹宗馬鳴，馬鳴宗文殊，文殊宗於佛。繇佛而宗於心，吾師即是心。而指定慧，因其言而詮解。脱心非心也，孰爲之本？何宗何原，非言非默，當有證乎此者。儀公嘗承詔較金書藏典，爲撰續釋氏通鑑於斯，進諸嘉禧殿。上覽徹，嘉嘆久之。余既序其書，復又紀其堂，并及宗原之

旨，來者尚鏡之。建於唐，歷遼，方至金重修。中有三位：西曰學位，東曰庫司，中曰聖位。有洞室四合。無碑刻在里坊。

崇國寺，在舊城。唐爲金閣寺，遼時改名崇國，清寧九年七月所載。《析津志》：在大悲閣北，亦肇於有唐。

延洪禪寺，在舊城，寺有《唐故幽州延洪寺禪伯遵公遺行碑》，守薊州録事參軍攝幽州安次令試大理評事閻栻撰。其略曰：咸通初，禪師自襄陽來延洪，開廢殿而創尊容，闢虚堂而興法席。貞元初，故相國彭城郡王劉公請凝寂大師弘法之初地也，時號其所爲天城院。大中末，故忠烈清河張公又奏，置爲延洪寺。中和四年倒廢，

〔注一〕「重」，原稿爲「崇」，遼無「崇熙」年號，據《析津志輯佚》改。

〔注二〕「時」，原稿爲「間」，天會爲一年號，據《析津輯佚》改。

〔注三〕「揀」，《析津志輯佚》作「棟」字。

光啓三年興復，乾寧三年四月建碑。又按重修記，寺在遼乾統間稱爲甲刹。至大元統御之初，金人南奔，兵燼之餘，此寺殿閣巋然獨存。壬子歲，賜白金爲香資。至元十五年中元日，住持僧戒海立石紀其事。《析津志》：在崇智門内，有閣。起自唐中朝，至本朝那摩國師重修之。寺西别有洞房，尤爲深邃。

資福寺，在舊城昊天寺之東北。金大定辛卯三月，僧法成建。

天王寺，在舊城延慶坊内。始建於唐，殿宇碑刻皆毁於火。元朝至元七年，建三門，而梵宇未能完集。《析津志》：在黄土坡上，有塔。

永慶寺，在舊城揖樓坊。有金碑，剥落不可辯，寺額大定丙申冬建。

歸義寺，在舊城時和坊。内有《大唐再修歸義寺碑》，幽州節度掌書記、榮禄大夫、檢校、太子洗馬兼侍御史、上柱國張冉撰。略曰：歸義金刹，肇自天寶歲。迫以安氏亂常，金陵史氏歸順，特詔封歸義郡王兼總幽燕節制，始置此寺，詔以歸義爲額。大中十年庚子九月立石。《析津志》：在天長觀前，亦萬壽之支院，木庵并居此。

仙露寺，在舊城仙露坊。按《燕臺土地

〔注一〕「應曆十一年歲次辛酉」，原稿爲「應曆十年歲次辛丑」。但應曆十年非辛丑年，有誤。查《析津志輯佚》，「辛酉」年，且應曆年間「辛酉」年爲「應曆十一年」，故改。

〔注二〕「熛」，原稿爲「票」，據《元史・列傳》改。趙與熛，字晦叔，翰林學士。

記》：唐高宗乾封元年所建。光啓中，修三門。至遼聖宗太平十年，鳩工重修，倚碣石之故基，面築金之遺迹。重熙九年二月，尚書户部侍郎張震撰記。《析津志》：玉虚宫前。萬壽寺支院。重熙九年二月記。

仰山寺，在舊城歸厚坊。有大燕國仰山寺僧奉志書經功德記忠正功臣、忠正軍節度使、管内觀察處置等使、特進檢校大尉使、持節壽州諸軍事、行壽州刺史兼御史大夫、上柱國、吴興郡開國侯沈翥。翥，《析津志》作燾。述佛殿題梁，乃遼穆宗應曆十一年歲次辛酉八月十五日建。〔注一〕《析津志》：在竹林寺西。

勝嚴寺，在舊城仙露坊。遼侍中牛温舒建爲新興院，至今俗呼爲牛家道院。乾統五年，賜額曰净土。金大定初，改名勝嚴。今爲比丘尼所居。寺記，乃金秘書監楊邦基所撰。《析津志》：在城南春臺坊西街北。

下生寺，在舊城仙露坊，本舊刹也。元朝中統初，名殿額曰彌勒壇主。圓悟通辯大師比丘尼志果興建，有翰林侍講學士趙與熛撰記。〔注二〕

龍泉寺，在舊城開陽東坊。開山第一代禪師谷氏净端，號龍泉老人創建，因以龍泉名其寺。

至元二十四年立碑。《析津志》：在天寶宫西北。又云在清夷門西，俗號五臺寺是也。

竹林寺，始於遼道宗清寧八年。宋楚國大長公主以左街顯忠坊之賜第爲佛寺，賜名竹林。大定七年，太常丞蔡珪作記。《析津志》：在海雲寺前稍東，亦有古臺城之製，有洞房。前金國戚之所宅，而後易而爲寺。古德海公所住，迄今宗門有録曰海西堂是此也。

薦福寺，在舊城歸厚坊。建於遼，後以兵革廢。元朝辛亥歲，謙公長老興修，戊午落成，己未立碑。《析津志》：在藥師寺西。

寶塔寺，在舊城衣錦坊，内有舍利寶塔，因名。始建於遼，至道宗太康九年重修。《析津志》：在南城竹林寺西北。有釋伽真身舍利，作窣堵波以瘞之，曼陁若冢。其寺地宏大洪敞，正殿壯麗。内有南合後影堂、東合殿。門有娑羅樹影二，正北門隙内露現五色祥光。西則有塔影幡幢，驗此倒影也。有唐武后碑刻等，甚有考索，實古刹也。

北清勝寺，在舊城廣陽坊。唐大中年間修建。

南清勝寺，在舊城。請潤公長老住持。有曰：十分好月，誰家池沼不能來；一片閑雲，是處岩巒皆可住。

紫金寺，在舊城北開遠坊。元朝中統二年興修。《析津志》：在彰義門内，慶壽寺支院。

報恩禪寺，在舊城。重修於元朝癸丑歲，有

大德元年國師道業功行記。

壽聖寺，在舊城富義坊。以舊記考之，河東元好問爲長老洪倪作記。此寺即崇孝道場之佛位，在大定、明昌間，堂宇百楹，食指千計。

興國寺，在舊城北永平坊。有唐虞世南書念佛堂金字牌。

奉福寺，按舊記，寺起於後魏孝文之世，爲院百有二十區，後罹兵燼。唐貞觀十年，詔仍舊基加修葺。五季盜起，一炬無遺。至遼乾統中，有安禪大師法珍者，戒行精固，見頹垣廢址，遂結茅而居。會北平王鎮燕京，首割俸以倡大緣，期歲之間，化草萊爲金碧。遼末擾攘，復遭焚毀。逮八十餘年，有主僧存徽願爲完繕。承安三年春，鳩工經營，東西對起藥師、彌陀二殿，翼以洞廊，前屬於門，以楹計者三十有二，取《華嚴經》所記一百二十賢聖名號，刻木而爲之像，金彩塗飾，種種嚴好。越泰和三年秋八月告成，乃大作法會以落之，秘書丞騎都尉喬宇記，翰林修撰李著書，承旨党懷英篆。又按：金泰和四年十二月《聖像功德碑記》，翰林修撰兼秘書郎曹謙所撰，有曰：都城之内，招提蘭若，如棋布星列，無慮數百，其大者三十有六焉。獨奉福基於後魏，歷唐及遼，以迄於金，比他寺爲最古。其殿宇雄深，規模壯麗。泰和四年五月，賜奉福寺額。又有舍利塔、千佛碑。金明昌四年十二月，中都右街奉福寺廣惠老師存珣於西山蘇敬求記曰：本寺乃隋、唐之古道場也。遼季兵燼之餘，寺之中庭佛舍利塔傾圮，本寺提照英辯大德道遜等捐中錫之貲，圖容寫像，加諸丹雘，二三年間，金碧絢錯，告厥成功，有五百羅漢洞廊，還繞於殿之左右。每歲四月八日大闡佛會，都人咸瞻敬焉。

興禪寺，舊刹，一行禪師建，後廢。辛丑冬再興建，一紀復完，賜額曰萬安禪寺。癸丑火，是年三月重建大殿、方丈、客位、僧舍。中統三年六月，立傳法正宗之殿，提舉學校王萬慶撰書題額。《析津志》：在燕聖安寺之東，憫忠閣之西。有碑。

圓明寺，舊都三學寺也，在康樂坊。肇始於遼、金，未及百年而荒廢。後復興建，革律爲禪，改今名。至元二十年十月望，資德大夫、領大都留守司、大興府都總管、行工部尚書、知少府監段典：頭陁之義，華言抖擻也。〔注一〕抖擻世緣若塵然。〔注二〕其學以慈儉爲宗，真實爲據，伏妄想爲切務。以爲飲食不可以生愛也，故宅幽以遠俗；衣服不可以生愛也，故敝縕以燠體；處不可以生愛也，故宅幽以遠俗。啓三摩解脱之關，拔六根清净之蠹。尊經衛法，本於教；息心了性，依於禪。止於觀攝，念存乎律。要哉，正覺之司南，〔注三〕真乘之準酌歟。〔注四〕

大頭陁教勝因寺，圓通玄悟大禪師溥光所造也。始祖曰紙衣和尚，立教於金之天會，示滅之後，門人嗣法，自河澗鐵華、興濟義希、雙檜春、燕山永安、蓬萊志滿、真教猛覺、臨猗覺業、普化守戒、清安練性、白霫妙，一十有一傳而至溥光大禪師。師五歲出家，十九受大戒。勵志精懃，克嗣先業。雖寓迹真空，雅尚儒素，游戲翰墨，所交皆當代名流。〔注五〕世祖皇帝嘗問宗教之原，師援引經綸，應對稱旨。至元辛巳，賜大禪師之號，爲頭陁教宗師。會詔假都城苜蓿苑，以廣民居。請於有司，得地八畝。蕭爽靖深，規建精藍，爲歲時祝聖頌禱之所。聖上御極之初，璽書賜命加昭文館大學士、中奉大夫，掌教如故。寵數優异，向上諸師所未嘗有。士庶翕然，争相塔廟之役。前儀真三務使姚仲實，賙急尚義，實爲檀施首，燕人高翔亞之。自餘不祈而薦貨，不命而獻力者非一。師亦因仍衆願。爲之以不爲，有之以不有。金季瓊

〔注一〕「擻」，原稿爲「藪」，據《析津志輯佚》改。

〔注二〕「抖擻」，原稿爲「斗藪」，據《析津志輯佚》改。

〔注三〕「之司」，原稿互乙，據《析津志輯佚》改。

〔注四〕此段小字皆《析津志》引文，原稿或單行大字，或雙行小字，現依例皆改爲雙行小字。

〔注五〕「流」，原稿爲「勝」，據《析津志輯佚》改。

林廢館，有亭曰芙蓉，劫火之餘，巋然獨存。師嘆其規制宏偉，購求得之，結爲浮圖寶刹。揭以雕簷，楯以香木。内設毗盧法象，環庋大藏諸經。初聞藏經板木在浙右，且多良工。遣法弟空庵普照、門人寧道遷，取經於餘杭普寧寺。楮墨輦運之費，仲實悉資之。仲實又以慈氏三大士殿未立，一力贊成，盡侖奂之美。藻井承塵，中堂有甍，門宇靖深，垣墉堅固，方丈净居，蘭若之制悉備。殿内黄金斗帳及諸供具，皆高翔所施。寺役起於至元丁亥，訖於大德癸卯。工用以緡計者十萬有畸，仲實奉錢獨贏五萬緡，仍誓畢餘緣以爲己任。其悉心事佛，輕財喜施，雖須達長者布之金，不足過也。寺既落成，礱石請記興造始末。予聞頭陁氏之説，毗尼爲之室宇，不假締構而崇，杜口爲之法門，不待文字而傳。惟師平生戒行清修，能得人之願力如是。晚節亦自刻苦，有合吾儒惡衣惡食而志於道者，宜其教風之日競也。是不可不書，乃爲詳載其事於石。

師姓李氏，字玄暉，雲中人，自號雪庵。躬督役事者，始則法弟如庵、李溥圓；終則溥照、道額曰福聖。泉甘地勝，甲於西北。金大定年間，金吾上將軍李常出貲質屋，迎致通妙大師圓珙，俾居師席；又延沙門行遠者住持。無可居士蔡珪爲記其事。後有張本清助金重修，曇公法師及門人裕正協力復理，木庵老衲性英撰《重修碑記》。又云：在養濟院前，俗號潭水院是也。

普安寺，在開遠坊。敕翰林學士承旨程鉅夫撰，翰林學士承旨、榮禄大夫臣趙孟頫篆額，名敕賜弘教普安寺碑。河西楊氏自釋教總統、贈開府儀同三司、太師、寧國公慧辯永福。又云：在舊

城彰義門内，昔廉相花園。

净垢寺，在美俗坊。有遼陽鄉貢進士高撰《功德幢記》。又云：在净居之西。

冰井寺，在南城，白馬神堂街西，即冰井寺。

崇聖寺，在咸寧坊。至元五年建。

持精寺，在春臺坊東局之南。

觀音寺，在天壽寺西。

毗盧寺，在天壽寺西，開陽坊。

聖恩寺，即大悲閣，在南城舊市之中。建自唐，至遼開泰重修。聖宗遇雨，飛駕來臨，改寺聖

恩，而閣隸焉。金皇統九載，即其地而新之。元朝至元壬午春重修。中奉大夫、總判、翰林國史集賢院、領會同館道教事安藏撰記。二十四年四月立石。寺外迹金剛閣，祠大悲觀音菩薩，後有方石甃八角塔。石塔

寶喜寺，在披雲樓東街西。

九聖寺，在殊勝寺後。

永寧寺，在殊勝寺北東。

原教寺，在南巡院，即太廟寺也。

昭慶寺，在天壽寺西。

心寶寺，在彌陁寺東。

詔慶寺，在施仁門外，俗呼石檀寺。

天寧寺，在南城東宣耀門外。

天壽寺，在閣街東。

萬佛興化寺，在天壽寺西北。

華嚴寺，在新都小木局北，樞密院南街西。

普照寺，在大長公主府西北。

法藏寺，在石佛寺西北，金城坊内，有藏經庫八座。

鳳林寺，在彰義門外，雪堂之西。

釋伽寺，在大都海子橋東。

順天寺，在新都咸宜坊内。

妙善寺，在咸宜坊沙藍監。

姑姑寺。

三覺寺，在南城天慶寺東。張旦碑文，俗稱三覺寺。寺有契丹昭孝皇帝大碑記。在月臺殿之正南，有耶律鑄中書碑石刻。

報先寺，有遼聖文神武全功大略聰仁睿孝天佑皇帝御書《華嚴經》覺林菩薩偈。咸雍三年歲次丁未十一月望日祀尼居。

石窟寺，大金西京武州山《重修大石窟寺碑》：昔如來出世，爲利益一切衆生，故分形化體於無邊華藏莊嚴世界，海微塵剎，土隨緣赴，感應現前。當此之時，寶山相滿月之容，有目者皆得見。獅子之吼，海潮之音，有耳者皆得聽聞。而優填王暫離法會，已生渴仰，遂以旃檀刻爲瑞相。何况示滅鶴林，潛輝鷲嶺，真容莫睹，像教方興。宜乎範金、合土、刻木、繪絲，而廣興供養者也。然而慮不遠不足以成大功，工不大不足以傳永世。且物之堅者莫如石，石之大者莫如山。上

慶時鎸也。巖開寺其銘曰：承藉□福，遮邀冥慶，仰鍾皇家，卜世惟永。蓋慶時爲國祈福之所建也。末云：大代太和八年建，十三年畢。按道武登國元年，即代王位，四月改稱魏王，皇始元年稱帝。天興元帝詔群臣議國號，咸謂國家啓基云代，應以代爲號。帝不從，詔國號魏。天興至孝文太和十三年，〔注一〕凡九十載，而碑仍稱代，何也？參稽内典，矛楯爲文，元氏録云：道武皇帝改號神瑞，當東晋武帝太元元年。立恒安都於郊西，土谷石壁，皆劖鑿爲窟，東西三十里，櫛比

相連。按神瑞時明元所改，歲在癸丑，當東晋安帝隆安十七年，在太元後三十七年矣。其舛誤如此。《續高僧傳》云：沙門曇曜於文成帝和平中住石窟通樂寺。《大唐内典録》云：曇曜，帝禮爲師。請帝開石窟五所，東爲僧寺，名曰靈巖；西爲尼寺，不言其名。僧法軫爲寺記云：十寺，魏孝文帝之所建也。護國東壁，有拓國王騎從。《廣弘明集》云：即孝文皇帝建寺之主也。帝王於天宫寺以金銅造釋伽像。衆記參差如此，竟不知經始在於何帝。以竟推之，道武遷

〔注一〕「十」，原稿爲「至」，據《析津志輯佚》及文意改。

都之後，終其世纔十年。其間創立城郭、宮室、宗廟、社稷、百官制度，見於史筆，其事實繁。至於鑿山爲寺，理應未暇。道武毁教，未帝雖感白足之言，尋即殂落，亦非其所爲也。獻文即位之初，幸其寺，則寺興於前矣。其間惟明元、文成二帝，據録特標神瑞之號，明元實經其始。《内典録》明載和平之事，則文成實繼其後矣。彼和明所記以孝文爲建寺之主者，蓋指護國而言也。法軫云：十寺皆孝文所建，非也。然則明元始興通樂，文成繼起靈巖，護國天宮則創自孝文，崇福則成於鉗耳，其餘諸寺次第可知。復有上方一位石室數間，按《高僧傳》云：孝文時，天竺僧陁番經之地也。十寺之外，西至懸空寺，在焦山之東，遠及一舍，皆有龕像，所謂櫛比相連者也。驗其遺刻，年號頗多。内有正光五年，即孝明嗣位之九年也。然則此寺之建，肇於神瑞，終乎正光，凡七帝，歷百一十一年。雖輟於太武之世，計猶不減七八十年。何則崇福一寺，五年而成？以此較之，不爲多矣。録云：魏成於一帝，何其謬歟！此即始終之大略也。自神瑞癸丑，迄今皇大德寺，石幢、法寶石經幢、法華經幢。崇仁藏經廒、弘法寺八廒、法藏寺八廒。〔注一〕已上并見《析津志》。

永泰寺。

《輿地要覽》：

奉聖寺。

濟衆寺。

崇恩福元寺碑：大德十一年，先帝立極，親祼大室，乃慨然曰：予曾予祖，世祖聖德神功文武皇帝、裕宗文惠明孝皇帝，至元三十有一年，成宗既祔廟矣，而惟皇考，實誕眇躬，位大尊顯，肆類於上帝。誄行定謚曰：順宗昭聖衍孝皇帝。琢玉寶册，納諸廟中，尊皇太后以儀天興聖慈仁昭懿壽元之號。邇之爲子，遠之爲孫，其孝以慈，可謂致極。而於宸心，猶若未然。明年至大之元，詔群臣曰：昔朕萬里撫軍北荒，險阻踐逾，躬擐甲胄，此寇氏平，實艱實棘。時有願言：皇曾考妣、皇祖考妣之豐功茂德，皇考太后之厚澤深仁，圖以報塞，必俟他日。振旅而南，大建寶剎，憑依佛乘。上爲往聖薦福冥冥，慈闈祝釐昭昭；下而億兆臣民，休祥蒙賴，初匪有求年千

〔注一〕後兩個「廒」字，原稿皆作「敖」，據《析津志輯佚》改。

〔注一〕「致」，原稿爲「至」，據《元一統志》卷一和《析津志輯佚》改。

〔注二〕「曇」，原稿爲「晏」；「及」，原稿爲「即」，均據《元一統志》卷一及《析津志輯佚》改。

世，專利一己，卿曹灼見是懷云云。臣夢祥曰：是碑文燧於大德十一年所撰，鐫刻樹立，亦既久矣。而我皇上孝思不匱，復命學士歐陽玄重爲製文，用堅琬琰，所以垂憲萬年，表貳來哲。羹牆之思，斯於可見孝之至矣。已上并見《輿地要覽》。

院

《元一統志》：

福聖院，按古記考之，舊都城右街有精舍焉。額曰福聖。泉甘地勝，甲於西北。金大定年間，金吾上將軍李常出資質屋，迎致通妙大師圓珙，〔注一〕俾居師席。又延沙門竹遠者住持。無可居士蔡珪爲記其事。後有張本靖助金重修，曇公法師及門人裕正協力復理，〔注二〕木菴老衲性英撰《重修碑記》。

廣濟院，在舊城閣西。以銘記考之，當唐季世院之故基，有异僧結廬其上，施藥以愈病者，遠近嚮慕，乃立佛屋，都人名之曰施藥院。遼道宗清寧六年，留府請朝命，賜院額。豫王天慶中，有大比丘經主姓遠者，首建法堂。金世宗大定九年，主僧善超建禪寮二十五間，中順大夫翰林修撰同知制誥蔡珪爲之記。

十方觀音院，金泰和年間，寺記述其創建之由，知弘文院上騎都尉粘合珪之文也。其略曰：永樂觀音院者，亦里巷一勝地。先未建都時，爲長樂莊，隸宛平縣；觀音堂，有屋三間而已，僧惠進與其徒居之。及展大都城囿，爲内郭，僧智壽經營不怠，建殿構屋。義全繼之，畢力增修。金明昌初，棟宇一新。

靈泉禪院，遼清寧中，有國舅郡王守燕，病風熱，聞甘泉坊西有尼寺，藏一井，飲之可除疾，遂再拜汲飲。神水入咽，灑然如甘露，厥疾乃瘳。聞於朝，賜名額曰靈泉。

十方萬佛興化院，金大定七年二月望，太常丞無可居士蔡珪記。其略曰：佛法入中國蓋千歲矣。其始至也，聚徒寡用物鮮，人人自律，其身不待約束而服。去聖逾遠，學者多歧，聚徒日以衆，用物日以弘。於是，有甲乙相傳，乃立十方常住之法，號爲義聚。都城之南郭有精舍焉，繪萬佛於一堂之上，遂以名院。遼太平中，度僧之數已著於石刻，則所從來久矣。金皇統三年，比丘圓暢居之。天德中，作新大邑，都西南，廣斥千步，遂隸城中，周垣迫於通衢，復擇地景風關，作別院以分處。大定三年，請於朝，賜名興化。

傳法院，遼景宗保寧四年，圓慧大師建《傳法院大禪師讓公寶行碑》，施院功德主：推誠啓運翊聖同德致理功臣〔注一〕、樞密使、開府儀同三司、守尚書令駙馬都尉魏王蕭守興，魏國長公主耶律氏也。碑銘引《幽都圖經》云：縣西北二百步，有陽臺，昔太子丹命樊於期燕會處。遼宰相魏王始拜燕京留守，改此高臺，飾爲勝地。右置太子之廟，左建牟尼之室，蓋大閣於上，塑金相於中。

十方延慶禪院，按舊記，少林雪庭光宗正法裕宗大師，具大福德，有大因緣，受憲宗皇帝宣命，乙卯歲至燕，延慶禮請爲開山第一代住持。有碑記其事。至元二十一年，學士承旨安藏撰。

廣福院，按舊記，金翰林修撰蔡珪撰。比丘善俊者，應緣西來，駐錫京輦下。貞元三年，得上林之西常樂坊隙地數畝，成就法席。大定初，得請於朝，以廣福爲院額。

〔注一〕「功」，原稿爲「公」，據《元一統志》卷一《中書省統山東西河北之地》改。

吉祥院，按本院《興復記》，大德庚子秋，翰林學士楊文郁撰。有曰：金仙氏之道，包天地而有餘，亘古今而獨立。至謂世間有爲，無非區區之幻化。故廢則有興，成必有壞，如吉祥之興復，殆亦有爲之幻，何以記爲？師曰：吾佛固有是説，雖然道不可以有爲，求之亦不可以無自，而入是以能仁垂教，像法爲重。即物以明心，因相以生敬，此一刹也。果能得人如吾師之道行兼備，念力具足，承承繼繼，傳之爲無盡法會可也。

西開陽坊觀音院，燕故城開陽里觀音院，乃興福禪師所建也。師諱從正，姓楊氏，良鄉廣陽人，生於金大定庚子。禮萬松大禪伯爲師，市此僻地，經營締構，立舍利塔。嗣其法者正堅，起正殿，以像觀音，金碧絢爛，見者加敬。正堅追録先師功行，刻之翠琰，以示來者。元朝至元三十一年立石，翰林直學士王之綱記。

天寧禪院，在舊城陽春關。寺有《創建碑記》，謂開山住持沙門普净，本平陽姚氏儒家子。至燕京，禮萬松和尚，遍住大刹，有齋僧萬人願。於至元十四年罄衣鉢之資，得廣濟廢址，大興土木，造佛宇，以畢萬僧夙願。至元二十二年，師弟子爲立石，紀其事。

延慶禪院，在舊城宣陽門西巷。始建於遼，有佛堂、庵舍，占地六畝。金天德三年，增展都城，再築地基翻蓋。大定二年，申請賜額曰延慶。

昭慶禪院，在駐蹕寺之西，遼石槽寺也。初，土人張寶昌建，清寧間重修。遼季兵火，攘斥復掃地。金天會間，起廢如舊。大定二年，賜名昭慶。大定十年十一月立石。

天王院，在天王寺西。比丘尼之□□□□有《再建僧堂記》，金天會十三年立石，騎都尉王履貞所撰。云此地乃遼祖廟也。內有景、太、聖三帝塑像。〔注一〕金皇統元年正月，崇天體道欽明文武聖德皇帝，謹遣建威將軍、翰林待制、同知制誥兼右諫議大夫、修國史臣耶律紹文致祭於遼祖。其文有曰：比以省方，暫臨燕地，瞻言遺像，近在梵宮。雖虞賓封爵之未遑，而殷禮文獻之猶在。絳陽軍節度使、蘭陵郡肇國公蕭公旦立石。

圓明禪院，在舊城安仁坊，即千佛寺也。遼咸熙九年正月，侍衛神武左廂都指揮使孟善等瑩

〔注一〕「太」，原稿爲「大」。「景」爲遼景帝，「聖」爲遼聖宗，「大」應爲「太」，指遼太祖耶律阿保機，其像居中，故如此排列。

〔注一〕「年」，原稿爲「月」，據《析津志輯佚》改。

拭千佛金像。金天德三年，建千佛院，舊來僧居，後有比丘尼齊善慧《析津志》作「應惠」。來此説禪，遂爲尼寺。大定十一年六月，行尚書員外郎丁暐仁記。

修真院，在舊城開陽西坊。創於金天會年間，以處翦髮頭陀。大定中，大理少卿吴章記。院内有瑞禾石碑，其文曰：金大定二十三年八月，〔注一〕昌平縣界産异禾一叢，莖穗各長二尺有六寸。縣人奇之，獻於府庭。奉天子命，乃刻諸石。推官盧啓贊曰：醴泉芝草，鳳凰麒麟。彼出而瑞，奚益於人。食爲民天，民得而濟。嘉穀蕃昌，此爲真瑞。芃芃异禾，得時之中。充箱其穗，薦報年豐。公曰休哉，一人之慶。於萬斯年，紹明繼聖。已上并見《元一統志》。《析津志》：此刻今在勝因寺東廂。

《元一統志》：建福院，在舊城。金天會十四年興建，大定十七年重修。

興化院，在舊城景風關。金天德中興建，大定三年賜額。

永慶院，金時所建，在永清縣之長熟村，有大定四年寺記。

崇教院，金大定四年碑記云：遼會同二年

庚子月丙申朔，復加興建，有倍於前。殿前後二堂，東西二大藏經全，僧舍、鐘樓、三門，無不具焉，乃爲一鄉之壯觀。在永清縣韓城里。

大覺禪寺古彌陀院，在寶坻縣坊市東門街北。〔注一〕以沿革考之，金大興府香河縣新倉鎮地也。有金正隆六年河東張瓚撰記，云院在新倉水南。遼重熙間，〔注二〕老僧常坐建彌陀佛會，結廬其傍，趺坐而化。其徒增大佛宇，以奉師像。已而髪再生。此開山第一僧也。

洪教院，在永清縣韓侯村，舊有壁記，唐清泰二年所建。至金時重修，大定三年賜額，十五年立碑。

太平院，在寶坻縣。寺碑乃金泰和八年所建，曰《中都大興府寶坻縣渠陽鄉南深子村太平院功德記》。

十方義濟道院，在昌平縣南曹村寺碑，金天會十四年所建。

《析津志》：興教院，在南城右鐵牛坊，又名頭陀妙真院。《寂照禪師道碑》，翰林侍講學士、知制誥、同修國史、中順大夫李鑒撰，雪庵書。

〔注一〕此處北大影印本錯簡，影印本第六七頁應接六二頁、六八頁接續六三頁、六九頁接續六六頁，校點者據言語意及《析津志》輯佚改正。

〔注二〕「重」，原稿爲「崇」。遼無「崇熙」年號，音似而訛，故改之。

如來以法心付彌勒，彌勒以正法垂世立教而修頭陀行，蓋取其清净寡欲，而自以爲足也。自紙衣應世以來，二百年於此。其間慧燈相續，奕世不絕。在燕、趙間力行之者，寂照師是已。

師楊氏之女，諱陶真，寂照，其自號也。世家薊州之豐潤，後徙居北平，遂爲平州人。父義，母李氏。師以明昌五年生，志性夙成，不爲兒嬉事。甫五歲出家，禮本州廣濟院趙守道爲親教。師十二受其戒，〔注一〕每諷誦諸聖經，迎刃而解。老師宿徒，莫不以佛器許之。居亡何，義州之明真院，閲七年而業成，道價藉甚，凡州貴徒柳城諸方，皆希光而景慕焉。年纔十九，是歲安衆信士，請主其縣之普真院。明年，天兵南下，所在雲擾。加之以饑饉薦臻，人至相食。師竄迹榛莽，日采蓬以供餒腹。在顛沛流離之際，未嘗一改其度，其立志堅忍如此。迨己卯，河朔甫定，平灤等路總管王公，迎師而西，復還廣濟，仍送女弟數輩就學於師。其所以執巾持杖屨者，師未始旦夕離。師天資聰悟，日以闡揚爲事。至談論道妙，亹亹不絕，故學者樂從之游。燕城右司王公慕師之法，

〔注一〕「其」，原稿爲「具」，據《析津志輯佚》改。

又慮其不能致，乃備車馬帛幣，往復者數四，竟爲門弟子所留，不果其行。辛卯冬，行臺劉公師之名，誓欲投誠，以爲□諸七祖、□漪大宗師，〔注一〕以宗門之。且恭奉文疏，檀□李成□安真楊仲山□□□勤之意。

肅清院，在盧龍坊。

下生院，在仙露坊東。舊刹，開山果興建。中統初名殿曰：彌勒，壇主圓悟通辯大師比丘尼志果興建。〔注二〕有翰林侍講學士趙與罴撰記。〔注三〕

潭水院，落魄猖狂久陸沉，鑾金散盡力難任。夢迷灤水雲烟合，腸斷燕臺草樹深。朽索艱羈千里馬，樊籠空鎖九皋禽。薰風一夜招提客，明月關山處處心。郭招討賦。

昭慶院，在大興縣。

魏家道院，在南城曲河坊。

延福院，在咸寧坊。

妙真院，在鐵牛坊内。翰林侍講學士、知制誥、同修國史、中順大夫李鑾撰。

大都頭陀妙真院，《寂照禪師道行碑》，雪庵書。

〔注一〕「大」，原稿爲「太」，據《析津志輯佚》改。

〔注二〕「果」，原稿爲「建」，均據《析津志輯佚》改。

〔注三〕「罴」，原稿爲「票」，據《析津志輯佚》及《元史·列傳》改。

□會院，在弘□寺西。

釋伽院，在咸寧坊。

西禪院，在春臺坊。

定真院，在齊化門裏，思誠坊南。

善化院。

居堅院。又禪寺在美俗坊。至元三年無礙建。

清安院。

蕭家道院。

牛家道院。

比藏院。

空心院。

福聖院。

藥師院。

興國院。

講院。

毗盧院。

普安院。

清勝院。

觀音院。

弘濟院。

興化院。

延慶院。

廣濟院。

十方招提禪院。已上并見《析津志》。

閣

《元一統志》：大悲閣，在舊城之中。建自有唐，至遼開泰重修。聖宗遇雨，飛駕來臨，改寺聖恩，而閣隸焉。金皇統九載，即其地而新之。元朝至元壬午春重修。中奉大夫、總判、翰林國史集賢院、領會同館道教事安藏撰記。二十年四月立石。

《析津志》：山子上殿閣，其道自光天殿西出紅門，轉南入紅門，轉北至轉角處過西，有新殿一派三處，始到山子東畔。東有木香洞，并山裏果子樹六七株，皆拱抱高蔓。〔注一〕前南有浴堂，堂前東西有殿，龍舟在西屋下。山子西有大殿屋一派，直抵西墻下。山殿上内頓一小金殿，刻漏儀制在焉。皆出自宸衷睿思，爲宮庭甲冠。四傍甃植奇礐，若獻秀呈祥，松柏茂悅，美麗明時。此山即隆福宮基之舊也。閣前南有大正殿，

〔注一〕「抱」，原稿爲「把」，據《析津志輯佚》改。

殿之前有兩尖亭，對峙於靈沼之東西。北宮林木森爽，有閬苑清幽之勝。闌禁自肅，無或違焉。壬寅年冬，聖上新創九龍殿，其締構高廣，尤爲奇偉。興聖宮後高閣，〔注一〕與大都總管府正相對。此諸色人匠都管，總管府。入内紅門西，即墻内鸚歌房，又西綉女房。墻外南墻内是圓殿，一直板房。前即延華閣，東西北有扶空閣，東有芳壁殿。閣西有娑羅樹，微清殿西有大威德殿。墻西有方碧亭，正北有兩所花房。在南北延華閣東南，偏浴堂西，畏吾兒佛殿。正南前，延華之門。畏吾殿東墻外，有木香殿。延華東芳壁夾墻外有紅門，入四方墻内，有鹿頂東西相向二殿。木香洞、延華閣前南高墻即東徽儀閣，〔注二〕西宣文閣。徽儀閣東，有紅門入宮，又東有水浸亭在。

塔

白塔，在大聖壽萬安寺，平則門内。

黑塔，在大天源延聖寺，太平坊。

青塔，永福寺青琉璃。

大悲閣石塔。

唐憫忠寺無垢净光塔，有銘。范陽府功曹參

〔注一〕「興」，原稿爲「輿」，「輿聖宮」無解，據《析津志輯佚》改。

〔注二〕「東」，校《析津志輯佚》無此字。

軍兼節度、掌書記張不矜撰。〔注一〕至德二載建。
我聞西方有大聖佛伽，號曰覺。在迦毗羅城精舍閣内，〔注二〕能庇極四天，超證諸果，而毫照劫界之外，罔不諦聽而歸之。時戰茶外道，〔注三〕昧佛威力，有善相者諗之曰：汝當墮無間大地獄，受旃檀羅業。若能悔過從正，悛心歸真，當於劫，毗羅城三歧古塔，〔注四〕崩壞日久，無人修崇，能造輪根，書陀羅尼咒於其塔内，念誦精持，滅罪恒沙，受大安樂。其名曰：無垢净光塔。夫塔者所以睹像生敬，祈者所以昭德塞違，虔誠依投，罔不示應。我大唐皇帝陛下，孝因冥感，聖以天資。太上皇不宰功成，禪代法禹，創業垂統。時邕象堯復寶位爲大，與兆人爲父母。珍符景命，充溢寰瀛，止難鋤兇，洗清天宇。光禄大夫范陽郡大都督府長史、河北節度兼度支營田海運等使、攝御史大夫、歸義王史思明，碩量天假，宏謀神授，仁被動植，忠越古今。竭節布懇成其名，砥心礪行存乎道。昔在平盧也，於曹禪師早發私願，於彼造塔。初，經始未構，屬中原亂離有難，便赴范陽，其塔便罷修葺。今重承因命，允釐東郊，緬想

〔注一〕「度」原稿爲「使」，據《析津志輯佚》改。
〔注二〕「毗」，原稿爲「昆」，據《析津志輯佚》改。後文「毗羅城」同改。
〔注三〕「茶」，原稿爲「茶」，據《析津志輯佚》改。
〔注四〕「歧」，原稿爲「岐」，據《析津志輯佚》改。

誠式副前願。敬於憫忠寺般若院，造無垢浄光塔一所。池五飾，工力已周。夫其始也，堙垝墉精院，掘地及泉，實其炭隱，以金椎炭其階。公輸運斤，離子督墨。摹規䕶矩而陶甓霧集，〔注一〕俗馳緇走而瓴甓雲屯。工以子來，人以心競哉！生明月既望，乃勤朴斲。夫其甃凹磨凸，刓方鏇圓，龍鱗錯落以用密，虎□杰豎以儹扣，□栱杈□以分赴，綺疏回合以洞開。夫如是，月有旬矣。爾其層構削成，棖輪孤聳。金幢插漢，截虹霓以中分；寶鐸連星，礙舒而假道。密邇睚眦以缺立，群仙□曳而下來。怪獸蜿拿而捧龕，石人贔屭以承級。崒若蓬壺仙館，聳珠闕□□重；皎如天台四明，蒔琪林於絶頂。夕而望之，月當蒙汜，星辰晶晃而攢臨；曉而望之，日上扶桑，雲霞蔽虧而捧出。既懺諸纍，能植勝緣。時八部天人，九有緇俗，日夕匍匐而歸之。徒觀其趨福庭，登梵扃，披倒景，躋重冥，啓洞户，開疏櫺，〔注二〕勃窣嶙峋青熒。俯瞰萬象，平步高玄，迴惶恒悸。既如折玄牝於閶闔，涉級聚武，又若搏壁上之翠屏。爾乃周游層甍，嬰倚飛楹，棧道詰立，四顧而震

〔注一〕「霧」，原稿爲「務」，據《析津志輯佚》改。

〔注二〕「開」，校《析津志輯佚》作「排」。

魂。井榦陵臨，窮覽周流而失瞬。至於契法者，湛乎真寂。悟八解者，得乎律梁。於是，嶬湼槃岸，屏瀑流河。窺其神咒，置於層刹之中；峩峩梵幢，列於毗羅之院。逗影而八，苦皆懺聞鈴。而三業都捐，用能禆佑熙朝，〔注一〕希椵保佑門閥。修文偃武，康於極樂之回歸，馬休牛鼓，腹於華胥之代求。〔注二〕蒙是作式創銘云：都聚相之嚴厲兮巍然孤聳，如天下來兮若地之踴。瓊龕層刹兮駢巃嵸，龍蜿獸拿兮鬼神捧。輪棖岌嶪兮土宇瞻悚，鈴音聰合兮威力潛拱。亞相持邊兮被光寵，鎮此門兮謀□重。富國保家兮千萬億。

東一塔，安禄山所建，塔内有蘇靈芝墨迹在内。

昊天妙聖塔。今磚木塔

延壽殊聖永昌塔。木塔

竹林寺塔。木塔

崇孝塔。

奉福寺塔。已上木塔

門頭塔。

玉浮圖。唐普慶寺。

〔注一〕「禆」，校《析津志輯佚》作「禪」。

〔注二〕「華」，校《析津志輯佚》作「革」。

聖安莊塔。

天王塔。

永安寺琉璃青雙塔。

聖壽莊塔。在大興縣，磚。

萬安塔。磚。

石佛塔。磚。

羊市塔。磚。

高家塔。

龍虎臺塔。磚。

通州石塔。磚。

茶毗塔。〔注一〕

海雲可庵雙塔。在慶壽寺西，石。

石佛寺塔。已上并見《析津志》。

宮

《圖經志書》：崇真萬壽宮，在蓬萊坊。元至元十三年，嗣漢天師張宗演自龍虎山偕張留孫入覲。明年，宗演還山，留孫侍輦下。世祖以其嚴净自持，行業可尚，命平章段貞度地京師，〔注二〕建宮艮隅，永爲國家儲祉地，而俾真人留孫主之，賜額曰崇真萬壽宮。〔注三〕命翰林學士王構爲之記。後

〔注一〕「茶」，原稿爲「荼」，據《析津志輯佚》改。

〔注二〕「段」，原稿爲「改」，據《元一統志》卷一《中書省統山東西河北之地》改。

〔注三〕「真」，原稿爲「貞」，據上文改。下文「崇貞萬壽宮」同改。

留孫還江東，其徒吴全節真人嗣居之，俗名天師庵。今爲府城道衆祈祝之都會云。《元一統志》：在都城内。至元丙子，嗣漢天師張宗演自龍虎山被徵命來京師，偕張留孫入覲。明年，宗演還山，留孫侍輦下。世祖聖德神功文武皇帝，以師嚴静自持，行業可尚，命以優數，别號上卿。由是靡行不從，有禱輒應，冠佩服履之珍，每示殊眷。制授凝真崇静通玄法師，進玄教宗師，總攝江淮荆襄道教。至元十五年，置祠上都。尋命平章政事段貞度地京師，建宫艮隅，永爲國家儲祉地。闢丈室、齋宇，給浙右腴田，俾師主之，賜額曰崇真萬壽宫。元貞丙申春二月，守司徒集賢使阿剌渾撒里、集賢大學士李蘭肸言，崇真萬壽宫成，制詔翰林文，以識石，翰林學士王構撰記。《析津志》：在蓬萊坊西門外，曰蓬萊真境。正南櫺星門入，北高上，壇環松柏，樾蔭蕭森。又入紅門至三門，正大殿門屋連入東西廊、祠，後殿與前殿對峙，東西門下階入道紀堂、兩廡、衆寮、西飯堂、東厨庫堂，後擁道入方丈西。方丈曰環樞堂，西有璇璣殿，下壇上有張上卿、吴宗師及開山諸碑刻，多趙子昂書，并有《大學》篆書。方丈之東，有冰雪堂，東有便門，乃車馬行香多人來往之徑也，有裕堂，并在東。又云，女衆在冰清寺西。

《元一統志》：天寶宫，在舊城春臺坊。有《制贈大道正宗四世稱號碑》。元貞元年，翰

林學士李謙撰，御史中丞崔彧書。有曰：大道之教行於世久矣，清修寡欲，謙卑自守，力作而食，無求於人，得老氏立教之指爲多。今嗣教宗主，其傳蓋第八代。自第五代入元朝，皆賜號真人。其四代宜追賜稱號，如全真氏故事，制可。贈其始祖曰無憂普濟真人，第二代曰大通演教真人，第三代曰冲虚静照真人，第四代曰體玄妙行真人。又接，〔注一〕本宫提點陳德元等刻石，載翰林直學士王之綱撰《大元創建天寶宫碑》，略曰：聖天子踐祚之初，詔贈大道四代祖師雅號，

〔注一〕「接」，疑爲「按」字。

遵先制也。元貞改元，其嗣教崇玄廣化真人岳德文請於翰林學士野齋李謙，文諸翠琰，昭示永久，而天寶興建之由未有紀述。二年夏，德文復狀其始末，請記於余。按大道之教，發源於無憂普濟真人劉君，寔宋末金初時人也。而大通演教陳君繼之於後，大通傳之冲虛靜照張君，靜照傳之體玄妙行毛君。無憂之厭世也，謂門弟子曰：後五十年，吾復來此。及期，而太玄酈君方嗣體玄法，識者謂無憂後身也。自是，其教日盛，風行四方，學者響應。憲宗皇帝即位之四年，特降璽書，

賜名真大道。中宮賜之冠服，主教三紀傳之通玄孫君，通玄傳之頤真李君，崇玄接武於頤真。其爲代凡八，而其派愈浚愈遠，將見百千傳而未已。初，太玄之主法席也，歲在丁亥，冲虛高弟劉希祥等市燕故都開陽里廢宅，爲焚修之所，爲殿，爲門，像設儼然。闢道院以栖雲衆，正函文以遵師席。至元八年，通玄於琳宇之左，創立殿五楹，金碧煇煌，高出霄漢，而又建層壇於中央，敞三門於離位。十年，敕賜宮額曰天寶。

萬壽宮，在舊城。第一祖，能降貘獸，有道

太和宮，在天師宮北，去關王廟、義井頭東第二巷内。本宮提點彭大年所建，有危素所撰碑。

西太乙宮，在和義門内近北，張秋泉所建。秋泉，本戴石屏之後，少年習吏，微責，弃俗而游京師。自歷涉多艱，〔注一〕曾無悔色。爲人美豐姿，長髯，真一代之奇士。宜乎晚節可觀。初，秋泉居京，當時名公鉅卿，無不傾蓋相親。爲人倜儻，有曠愁高蹈之志。所藏法書、名畫甚富。章子有平章尤爲親厚。初在天師宮放逸自居，懷孟太后有疢，求醫藥符篆之士於朝，遂諏於吴宗師。師令其應旨而往，符藥俱驗，果能闡揚，大稱懿旨。厥後，恰逢九五之祚，一時嚮仰，非復尋常真人之比。故其所建宫宇，計年而成，其施助不言而至源源。宫正殿正西祠張上卿、吴宗師，實開山之主也。後以年邁歸，以所蓄書畫財物，盡數付與吴宗師，獨携米南宫所寶研山石回。當朝諸名公若虞伯生，俱有研山詩。

靈應萬壽宫，元自開國始創建於西山，賜上名額，實自太保劉文正公之主也。其祖壇在上都南屏山，即太保讀書處，有碑文紀事。而此壇天

〔注一〕「多」，校《析津志輯佚》無此字。

下有二焉，因著其開壇闡教之名氏次第於後：第一代宗師劉忠太保文忠公，第二代李，三代張，四代林，第五代林，六代毛，七代謝，八代郭，九代劉，十代譚，十一代潘。

玄元萬壽宮，官建，命女冠邵真人住持。〔注一〕

弘陽宮、昭明宮、玄禧宮、洞神宮、葆光宮、重陽宮、建福宮、通真宮、寶玄宮、五嶽宮、真常宮、清和宮、延壽宮、靈虛宮、修真宮、通真宮〔注二〕、玄天宮、披雲宮、隆禧宮、靜真宮、紫虛宮、龍泉宮、大清宮、金真宮、真元宮、朝陽宮、壽寧宮、清微宮、保和宮、通仙宮、壽陽宮、崇德宮、崇道宮、泉陽宮、洞真宮、玄虛宮、紫微宮、延祥宮。已上并見《析津志》。

順天府志卷七終

〔注一〕「真人」，原稿互乙，據《析津志輯佚》改。

〔注二〕「通真宮」，此段原稿和《析津志輯佚》中均有兩個「通真宮」，保留原樣。